KB207485

냠냠

백온유 소설 | joggen 그림

냠냠

창비

차 례

회장
김채원

이서우를 좋아하게 된 이유는 내가 생각해도 이상하다.

선생님의 자잘한 심부름은 내게 익숙한 일이다. 나는 초등학교 4학년 때부터 중학교 2학년인 지금까지 오 년 내내 회장을 맡아 온 베테랑이기 때문이다. 솔직히 나만큼 두루두루 잘하고 모범적이며 책임감 있는 인물이 없기 때문에 매년 내가 회장에

당선되는 건 당연한 결과다. 회장이라고 해서 월급을 주는 것도 아니고 선생님이 시험 문제를 하나 더 짚어 주는 것도 아니기 때문에 나는 잔심부름과 막중한 책임감에 짓눌릴 때마다 내년부터는 절대 회장을 하지 않겠다 다짐해 놓고 이상하게도 회장 선거 날이 다가오면 가슴이 두근거린다. 친구들의 추천을 받아 선거에 출마한 뒤에는 밤새도록 외운 공약을 당당하게 말하고, 결국 회장 자리를 쟁취하고 만다. 안 그런 척하면서도 회장이라는 직책에 은근히 집착하는 것이다.

어쨌든 나는 회장으로서 부끄럽지 않을 만큼 열심히 봉사한다. 매년 유독 손이 많이 가는 애가 있기 마련인데 올해는 그게 바로 이서우였다. 숙제를 제출해야 할 때마다 이서우는 그런 숙제가 있었냐며 되묻거나, 수행 평가를 늦게 제출해서 내가 두 세 번 교무실을 왔다 갔다 하게 만들었다. 체육 시간에 혼자 운동장에 안 내려와서 다시 교실로 올라가 데리고 와야 했고, 학기 초에는 스쿨 뱅킹 계좌 발급을 위한 부모님 동의서를 깜빡해서 서너 번씩 닦달하게 만들었다. 물을 때마다 조그마한 목소리로 "아 맞다, 미안해."라고 대답해서 화를 낼 수도 없었다. 내가 너무 스트레스를 받으니 나중에는 담임 선생님이 "부모님 동의서는 선생님이 서우 부모님께 전화해 볼게. 너무 스트레스받지 마, 채원아. 저기, 초콜릿 먹을래?" 하면서 나를 달랬다.

그런데 종례 후에 이서우에게만 따로 숙제를 알려 주고, "야, 이서우! 체육복 갈아입어. 운동장 나가야 돼.", "야, 이서우. 우리 내일부터 하복 입는

다.” 이렇게 따로 말해 주다 보니 자꾸 이서우와 눈을 맞추게 됐다. 나는 어느 날 이서우의 눈동자가 연한 갈색이라는 것을 알게 됐고, ‘내가 좋아하는 배우 눈동자도 연한 갈색인데…… 그 배우 진짜 예쁜데……. 뭐, 이서우도 좀 예쁘네.’ 이렇게 생각하게 되어 버렸다.

그날 밤, 나는 이서우에게 문자로 ‘야, 이서우. 수행 평가 까먹으면 죽는다.’ 하고 문자를 보냈다. 그런 뒤 ‘난 회장이니까…… 회장으로서 반 애 챙겨 주는 건 당연한 거니까…….’ 하고 이서우 쪽으로 향하는 관심을 스스로 합리화했다. 그런데 이서우에게서 ‘땡큐, 김채원.’ 하고 답장이 오자마자 갑자기 심장이 터질 것 같았다. 바로 인정했다. 그래, 난 이서우 좋아해.

BEFORE
야, 이서우.
수행 평가 까먹으면 죽는다.
땡큐, 김채원.

이상하지만 나는 이렇게 이서우를 좋아하게 됐다.

*

“채원이네 집 가자.”

종례가 끝나고 누군가 소리치면 애들은 내 옆에 아기 새처럼 옹기종기 모인다. 나는 웃으면서 “그래, 가자!” 하고 외치지만 속으로는 ‘너희들, 돈은 있지?’라고 묻고 싶다.

엄마는 마흔다섯 살에 적성을 찾았다. 그 전에 꽤 여러 번 실패를 했다. 어렸을 때는 공무원 시험 준비를 했다고 한다. 다섯 번 도전했는데 전부 떨어졌고, 그 후에는 카페를 창업했다. 친한 친구와

동업을 했는데, 카페가 망해서 돈도 잃고 친구도 잃었다고 들었다. 내가 초등학교에 다닐 때는 신발 가게를 열었다. 기억 속 엄마는 자주 울상을 지으며 당황했다. 이상하게도 우리 가게에는 매번 손님이 찾는 치수의 신발이 없었다. 꼭 5밀리미터가 크거나 작거나 했는데 엄마는 허둥지둥하다가 더듬거리며 "저기 손님…… 그냥 신으시면 안 될까요?" 하며 사정하곤 했다. 내가 중학교에 입학하기 전에 결국 엄마는 '사장님이 미쳤어요!' 현수막을 걸고 신발을 싸게 팔아넘긴 후 가게를 접었다.

여러 번의 실패 끝에 개업한 분식집은 초등학교, 중학교, 고등학교가 전부 가까이에 있어 자리는 좋았지만 월세가 비쌌다. 개업을 하기 전부터 엄마는 걱정이 이만저만 아니었다. 하지만 떡볶이

윈 떡볶이
935 xxxx
PULL

는 금세 입소문을 탔고 단기간에 매출이 엄청나게 올랐다. 집에서 엄마가 떡볶이를 해 줄 때마다 혼자 먹기에는 아까운 떡볶이라고, 이건 팔아야 한다고 주장하긴 했지만 이 정도로 대박이 날 줄은 몰랐기에 나도 얼떨떨한 기분이었다.

나는 가게에 손님이 많은 것이 좋기도 하고 싫기도 했다. 누가 들으면 철없다고 할지도 모르지만 아주 솔직히 말하면 가게가 한산했던 옛날이 더 좋았다. 그때의 엄마는 내가 놀러 가자고 조르면 잠시 고민하는 척하다 "그래, 어차피 손님도 안 올 텐데 우리 딸이랑 데이트나 하지 뭐!" 하고 가게 문을 닫는, 여유롭고 낙천적인 사람이었다. 경제 사정이 어려워도 "방법이 있겠지, 뭐!" 하고 웃어 버리는 사람. 요즘의 엄마는 좀 달라졌다. 가게는 이주에 한 번씩, 일요일에만 문을 닫는다. 우리 집 떡볶이는 일 인분에 사천 원, 핫도그는 이천 원, 꼬마김밥은 두 개에 천 원, 참치김밥은 삼천오백 원이다. 초등학생들이 백 원짜리 오백 원짜리를 섞어서 내밀면 엄마는 하나하나 세어 보면서 "얘! 삼천구백 원이야! 백 원 더 줘야지. 백 원 없어? 없으면 옆에 있는 친구한테 빌려. 친구도 백 원 없어? 얘, 너 이름 뭐야? 세동초 강세호! 몇 반? 2반! 적어 놨다! 내일 백 원 꼭 가져와야 돼." 하고 장부에 꼼꼼히 기록한다. 모든 일에 느슨하던 엄마는 조금 깐깐하게 변했고, 나는 가끔 그런 엄마가 마음에 들지 않았다.

"그냥 주지, 왜 초등학생들한테 백 원 가지고 그래!"

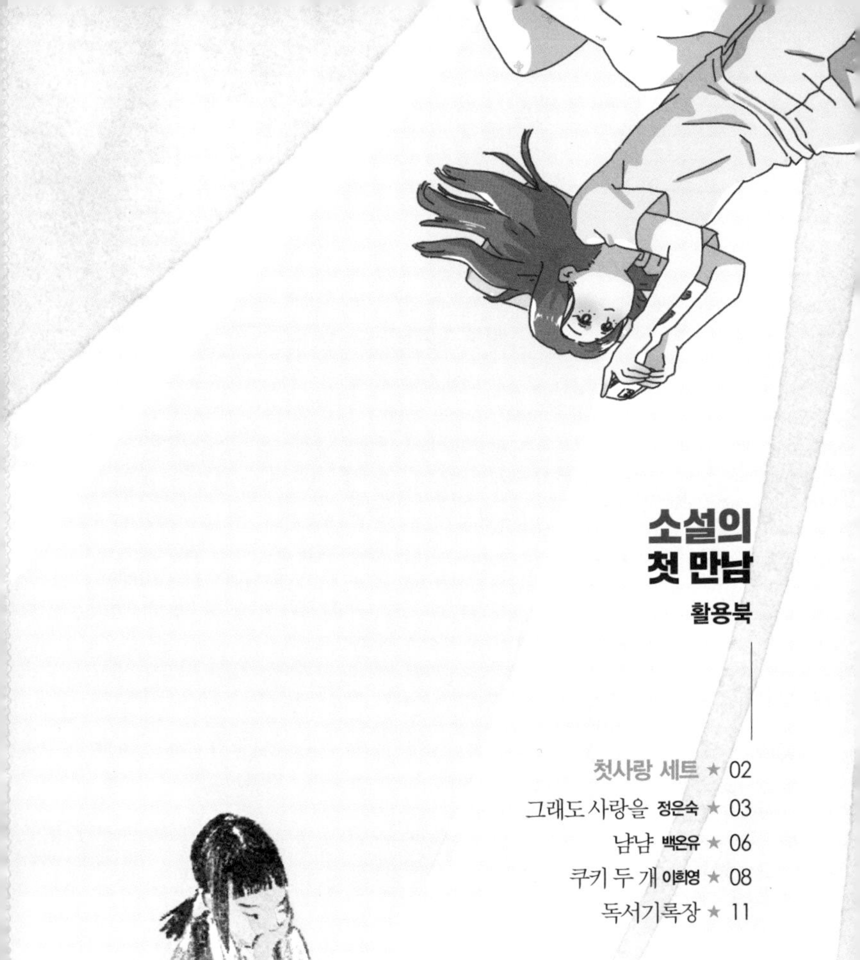

소설의 첫 만남

활용북

두근두근 설레는 첫 순간

첫사랑 세트

소설의 첫 만남
31-33

ISBN 978-89-364-3154-9(3권)

그래도 사랑을

정은숙 소설 | 장보송 그림 | 값 10.000원 | ISBN 978-89-364-3135-8

**내 앞가림도 힘든 시대라지만
벌써 사랑을 포기하고 싶지는 않아!**

기후 재앙에 휩싸였던 지구가 조금식 회복되어 가는 나날, 엄마와 둘이 살고 있는 '나'는 세금 감면 등 막대한 혜택을 주는 '안티러브 칩' 이식 수술을 고민한다. 그러던 어느 날 엄마의 메일함에서 한 번도 본 적 없는 아빠의 흔적을 찾아내는데…….

냠냠

백온유 소설 | joggen 그림 | 값 10,000원 | ISBN 978-89-364-3136-5

**냠냠, 세상에서 가장 맛있는 떡볶이를
너와 함께 먹고 싶어!**

베테랑 회장인 채원은 유독 손이 많이 가는 아이 서우를 만난다. 숙제도 준비물도 자꾸 잊는 서우를 챙기다가 어느 날 서우의 예쁜 갈색 눈동자를 보게 된 채원. 그 뒤로 어쩐지 서우에게 맛있는 것을 챙겨 주고 싶어지면서 작은 거짓말을 하게 되는데……. 채원은 서우에게 솔직한 마음을 전할 수 있을까?

쿠키 두 개

이희영 소설 | 양양 그림 | 값 10,000원 | ISBN 978-89-364-3153-2

**당신의 하루가 이 쿠키처럼 고소하고 달콤하기를
작가 이희영이 전하는 달콤쌉쌀한 사랑의 맛**

여름 방학을 맞아 엄마의 쿠키 가게에서 아르바이트를 하게 된 '나'는 어느 날 꿈속에서 본 소년을 마주친다. 그날 이후 매일 가게를 찾는 그 아이. 그 아이는 대체 누구일까? 자꾸만 반복되는 꿈의 의미는?

그래도 사랑을

정은숙

1. 다음 문장이 소설이 내용과 일치하는지 ○, ×로 표시해 보자.

준서는 '안티 러브 칩' 이식에 서명했다. ………………………… [ ]

주인공은 어렸을 때 아빠와 헤어졌다.………………………… [ ]

벌과 나비가 멸종하여 더 이상 존재하지 않는다.………… [ ]

2042년 대한민국의 인구는 21세기 초반에 비해 절반으로 줄어들었다. …………… [ ]

꽃을 수정시키는 로봇이 있다. ………………………………… [ ]

주인공의 전공은 원예이다. ……………………………………… [ ]

준서는 주인공에게 플럼코트를 선물했다. ………………… [ ]

신비 작가는 엄마의 신상을 잘 알고 있었다. …………… [ ]

주인공의 아빠는 밤하늘을 좋아했다. ……………………… [ ]

2. 나 혼자만 알고 있는 친구나 가족의 사소한 습관을 자유롭게 이야기해 보자.

3. 소설 속 인물들은 사랑에 관해 다양한 관점을 가지고 있다. 주인공, 준서, 엄마, 지혜 각각의 입장을 정리해 보자.

등장인물	입장
주인공	
준서	
지혜	
엄마	

4. 내가 소설 속 미래 사회에서 일하는 국회의원이라면 기후 재앙 이후의 세계에서 어떤 정책을 발의할지 자유롭게 상상해 보자.

냠냠

백온유

1. 제일 좋아하는 음식과, 그 음식을 같이 먹고 싶은 사람을 적어 보자.

내가 제일 좋아하는 음식	
함께 먹고 싶은 사람	

2. 상대가 기뻐하길 바라는 마음에 무언가를 주었던 경험이 있다면 떠올려 보고, 그때의 기분은 어땠는지 이야기해 보자.

(　　　　)에게 (　　　　　　)을/를 주었다.

그때의 기분:

3. 작품 속에서 서우를 챙겨 주고 싶은 마음에 작은 거짓말을 하던 채원은 뒤늦게 그것이 서우에게 상처가 될 수 있음을 깨닫고 사과의 말을 고민한다. 아래와 같은 상황에서 내가 채원이라면 서우에게 어떻게 마음을 전할 수 있을지 생각하며 편지를 써 보자.

나는 밤새 이서우에게 어떻게 사과의 말을 전해야 할지, 어떻게 말해야 그 애의 마음이 다치지 않을지 고민했지만 명쾌한 해답은 찾을 수 없었다.

소설의 첫 만남

33

쿠키 두 개

이희영

1. 최근 꾼 꿈 중에서 인상적이었던 꿈을 떠올려 보고, 그 꿈속 장면을 그려 보자.

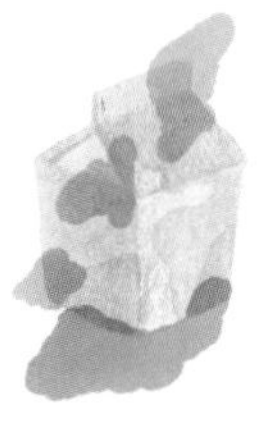

2. 다음 장면처럼 누군가의 작은 호의로 최고의 날을 보냈던 경험이 있는지 생각해 보고, 주변 사람에게 비슷한 경험을 선물해 보자.

그렇게 쿠키 두 개를 받아 든 꼬마가 얼굴 가득 함박웃음을 지었다.
"진짜, 최고의 날이다. 감사합니다."
꼬마가 꾸벅 인사를 한 뒤 토끼처럼 깡충거리며 문밖을 나섰다. 쿠키 하나에 최고의 날을 경험할 수 있는 삶이라니, 부디 저 꼬마의 하루가 고소하고 달콤하기를 바랐다. 작은 손에 들려 있는 두 개의 쿠키처럼…….

· 나의 경험: ....

....

· 선물하고 싶은 경험: ....

....

3. 자신이 좋아하는 음식에서는 어떤 맛이 느껴지는지 설명해 보고, 그 맛을 활용하여 감정을 표현하는 문장을 만들어 보자.

· "달기만 하면 재미없어. 쓰다가도 달고, 떫다가도 고소하고. 원래 그런 게 인생의 맛이래."

· 아무렇게나 고른 두 개의 쿠키를 먹을 때면, 고소하고 바삭하게 부서지는 끝에 조금의 슬픔과 그리움의 맛이 느껴졌다.

· "잊지 마. 씁쓸한 맛 뒤에 오는 달콤함."

· 좋아하는 음식과 맛: ....

....

· 맛 표현을 활용한 문장: ....

....

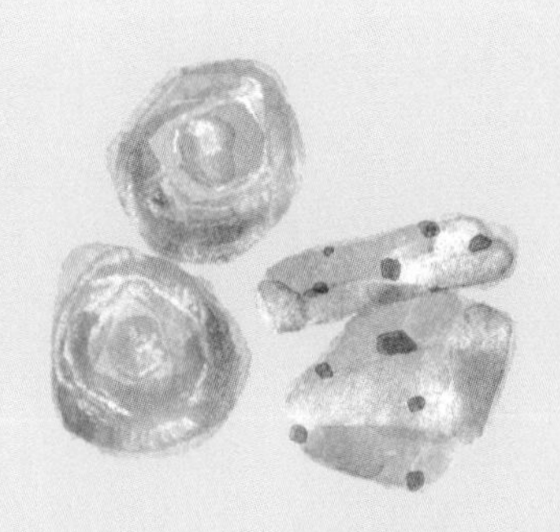

소설의 첫 만남

독서 기록

번호	제목	읽은 날짜	한 줄 소감
31	그래도 사랑을		
32	냠냠		
33	쿠키 두 개		

첫 만남
기억하기

31

제　목　그래도 사랑을

지은이　　　　그린이

읽은 날　년　월　일 ~　년　월　일

줄거리

독후감 ☆☆☆☆☆

첫 만남
기억하기

32

제　목　냠냠

지은이　　　　　　　　그린이

읽은 날　　년　　월　　일 ~　　년　　월　　일

줄거리

독후감 ☆☆☆☆☆

첫 만남
기억하기

33

제 목 쿠키 두 개

지은이 그린이

읽은 날 년 월 일 ~ 년 월 일

줄거리

독후감 ☆☆☆☆☆

첫 만남
되새기기

다시 떠올려도 가장 마음에 드는 책은?

제　목

지은이　　　　　　　　　　　그린이

가장 기억에 남는 이유

더 깊은 독서를 위한

독서력 세트

소설의 첫 만남

01-03

ISBN 978-89-364-5972-7(3권)

라면은 멋있다

공선옥 소설 | 김정윤 그림 | 값 9,000원 | ISBN 978-89-364-5855-3

“가난하면 사랑도 못 하나요?”
작가 공선옥이 들려주는 풋풋한 사랑 이야기

어려운 가정 형편을 속이고 연주를 사귀는 민수. 민수는 연주에게 멋진 생일 선물을 사 주기 위해 편의점 아르바이트를 시작하는데……. 라면만 먹어도 진심이 있다면 사랑은 멋지다!

내가 그린 히말라야시다 그림

성석제 소설 | 교은 그림 | 값 9,000원 | ISBN 978-89-364-5856-0

소년을 스쳐 간 운명의 장난
작가 성석제가 들려주는 선택에 관한 이야기

어린 시절 미술보다 축구를 좋아했던 백선규는 자라서 유명한 화가가 되었다. 하지만 그에게는 아무한테도 말하지 못한 비밀이 하나 있는데……. 선택과 인생의 부조리함을 진지한 필치로 그려낸 성장소설. ★중2 교과서 수록작

꿈을 지키는 카메라

김중미 소설 | 이지희 그림 | 값 9,000원 | ISBN 978-89-364-5857-7

힘보다 희망으로,
평화로 이기는 법

아람이는 재개발을 앞둔 시장의 모습을 카메라에 담는다. 어려움에 처한 이웃에게서 눈을 떼지 않으리라 다짐하며 아람이의 카메라는 오늘도 찰칵, 희망의 소리를 낸다.

문학이 낯선 아이들을 위한

마중물 세트

소설의 첫 만남

04-06

ISBN 978-89-364-5973-4(3권)

옥수수 뺑소니

박상기 소설 | 정원 그림 | 값 9,000원 | ISBN 978-89-364-5858-4

두 번의 교통사고!
진짜 뺑소니범은 누구일까?

현성이는 두 번의 교통사고를 당한 뒤 상황에 떠밀려서 거짓말을 하게 된다. 한번 시작한 거짓말은 풀 수 없는 매듭처럼 점점 엉켜 가는데……. 진실을 밝히는 용기에 관한 이야기.

림 로드

배미주 소설 | 김세희 그림 | 값 9,000원 | ISBN 978-89-364-5859-1

아이돌이 된 내 친구
우린 이제 영영 멀어지는 거니?

아기 때부터 친구였던 지오가 가수로 데뷔한 뒤 현영은 외로움에 휩싸인다. 현영은 방학을 맞아 미국에 있는 이모할머니 댁에 가지만, 좀처럼 지오 생각이 잊히지 않는다. 열여섯 살 마음을 물들인 첫사랑 이야기.

푸른파 피망

배명훈 소설 | 국민지 그림 | 값 9,000원 | ISBN 978-89-364-5860-7

다양한 이들이 모여 사는 푸른파 행성
청소년의 힘으로 일구어 낸 색다른 평화 이야기

저마다 다른 행성에서 이주해 온 사람들이 조화롭게 살던 푸른파 행성에 갑작스레 전쟁의 기운이 감돈다. 식자재 배급에도 차질이 생겨 한쪽에는 고기만, 다른 쪽에는 야채만 배달되는데……. 푸른파 행성은 다시 평화를 찾을 수 있을까?

마음이 한 뼘 커지는

표현력 세트

소설의 첫 만남
07-09

ISBN 978-89-364-3123-5(3권)

누군가의 마음

김민령 소설 | 파이 그림 | 값 10,000원 | ISBN 978-89-364-5861-4

알 듯 말 듯 엇갈려 온 우리 사이
언젠가는 닿을 수 있을까?

눈에 띄지 않던 아이 강메리가 같은 반 남자아이들에게 차례로 고백하면서 교실 안이 술렁인다. 이제 고백을 듣지 못한 아이는 단 두 명뿐. 강메리, 너의 마음은 어떤 거니?

카메라와 워커

박완서 소설 | 이인아 그림 | 값 10,000원 | ISBN 978-89-364-3122-8

전쟁이 남긴 길고 짙은 상흔
이 땅에 뿌리내리기 위한 뜨거운 노력

주인공은 자기 자식처럼 소중히 아끼는 조카가 풍족하고 평범한 삶을 살기를 바라지만, 조카는 자꾸만 다른 길을 선택하려 한다. 전쟁이 휩쓸고 간 트라우마가 남아 있는 사회 속에서, 조카는 자기 삶을 오롯이 살아 낼 수 있을까?

미식 예찬

최양선 소설 | 시호 그림 | 값 10,000원 | ISBN 978-89-364-5863-8

비엔나소시지가 입 안에서 뽀드득!
내 사랑은 이토록 맛있게 시작되었다

이른 사춘기를 걱정하는 엄마 때문에 유기농 음식만 먹어야 하는 지수. 그래도 예찬이와 함께라면 점심시간이 행복하다. 지수는 용기를 내 예찬이에게 고백하지만 대답을 듣지 못하는데……. “예찬아, 넌 내가 싫은 거니?”

더불어 사는 법을 배우는

공감력 세트

소설의 첫 만남 10-12

ISBN 978-89-364-5968-0(3권)

칼자국

김애란 소설 | 정수지 그림 | 값 10,000원 | ISBN 978-89-364-5876-8

긴 세월 칼과 도마를 놓지 않은 어머니에 대한 기억

20여 년 동안 국숫집을 하며 '나'를 키운 어머니의 삶. 주인공은 어머니의 부고를 듣고 나서야 그 억척스러운 삶을 돌아보게 된다. 김애란 작가가 들려주는 가슴 뭉클한 이야기.

하늘은 맑건만

현덕 소설 | 이지연 그림 | 값 10,000원 | ISBN 978-89-364-5877-5

가슴 뜨끔한 거짓말! 푸른 하늘 아래 문기는 고개를 들 수 있을까?

문기는 심부름을 하다가 우연히 많은 돈을 받게 된다. 그 돈을 수만이와 같이 장난감을 사는 데 써 버린 문기는 곧 죄책감에 시달리고, 수만이와도 다투게 되는데……. 편치 않은 비밀을 품게 된 문기의 이야기. ★중1 교과서 수록작

뱀파이어 유격수

스콧 니컬슨 소설 | 송경아 옮김 | 노보듀스 그림 | 값 10,000원

ISBN 978-89-364-5878-2

우리 야구팀의 유격수는 뱀파이어! 뱀파이어도 인간과 함께 어울려 살 수 있을까?

계몽된 시대, 사람들은 더 이상 '다름'을 대놓고 차별하거나 멸시하지 못한다. 하지만 치열하게 승부를 겨루는 리틀 야구 대회에 뛰어난 실력을 갖춘 뱀파이어 유격수가 나타나자 그를 바라보는 사람들의 시선은 곱지 않은데…….

새로운 세계를 그려 보는 힘

상상력 세트

소설의 첫 만남

13-15

ISBN 978-89-364-5899-7(3권)

청기와주유소 씨름 기담

정세랑 소설 | 최영훈 그림 | 값 10,000원 | ISBN 978-89-364-5900-0

한밤중에 도깨비와 씨름을?
잃을 것 없는 알바 인생, 이상한 제안을 받아들였다!

열 살이 되기 전부터 뚱뚱했던 소년. 씨름 선수를 그만두고 주유소에서 아르바이트를 하고 있다. 그런데 어느 날 점장님이 기묘한 제안을 해 왔다. 도깨비와 씨름을 해서, 이기라고. 모두의 호기심을 자극하는 유쾌하고 기묘한 소설.

이상한 용손 이야기

곽재식 소설 | 조원희 그림 | 값 10,000원 | ISBN 978-89-364-5901-7

소년의 마음이 일렁이면 비가 내린다
SF 작가 곽재식이 들려주는 사랑스러운 성장 소설

자신이 용의 자손이라는 것을 알게 된 소년. 소풍 가는 날마다 꼬박꼬박 비가 온 것도 사실은 용이 가진 능력 때문이 아닐까? 소년은 자신의 힘을 다스리려 애쓰지만 다짐처럼 쉽지만은 않은데…….

원통 안의 소녀

김초엽 소설 | 근하 그림 | 값 10,000원 | ISBN 978-89-364-5902-4

우리가 함께 산책을 할 수 있을까요?
자유를 꿈꾸는 두 사람, 지유와 노아의 이야기

첨단 나노 기술로 미세 먼지를 정화하는 미래 도시. 하지만 나노 입자에 알레르기를 보이는 지유는 투명한 플라스틱 원통에 갇혀 지내야 한다. 차이와 차별, 그리고 자유를 갈망하는 마음에 관한 아름다운 이야기.

닫힌 마음을 여는

보살핌 세트

소설의 첫 만남

16-18

ISBN 978-89-364-5924-6(3권)

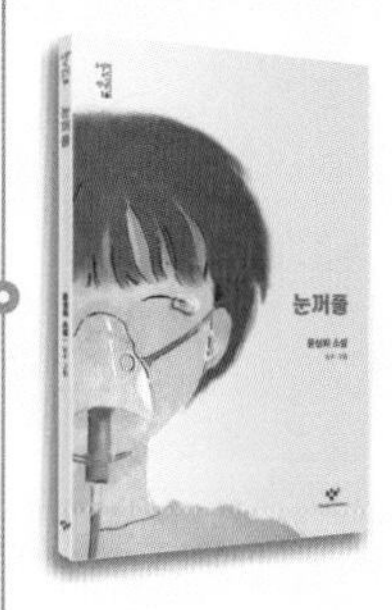

눈꺼풀

윤성희 소설 | 남수 그림 | 값 10,000원 | ISBN 978-89-364-5926-0

멈춘 시간을 깨우는 다정한 귓속말 머리맡에서 나를 붙잡아 주는 소중한 목소리들

'나'는 친구에게 바람을 맞고 혼자서 길을 헤매다가 불의의 사고를 당한다. 정신을 차려 보니 병실 침대에 누워 있다는 걸 깨닫는다. 병간호를 오는 아빠, 엄마, 누나에게서 여러 이야기를 들으며 소중했던 기억들을 떠올리는데…….

개를 보내다

표명희 소설 | 진소 그림 | 값 10,000원 | ISBN 978-89-364-5927-7

너의 시간이 멈췄으면 좋겠어 동생이자 친구였던, 나의 작은 개 이야기

갑작스럽게 진서네 집에 오게 된 유기견 진주. 가족들의 무관심 속에 아파트 베란다에서 쓸쓸히 지내던 진주에게 진서는 점점 마음이 쓰인다. 하지만 어느덧 열세 살이 된 개 진주는 건강하던 모습을 잃고 야위어 가는데…….

멍세핀

박유진 소설 | 안유진 그림 | 값 10,000원 | ISBN 978-89-364-5928-4

나의 아홉 번째 엄마, 멍을 지켜야 한다 "나는 조세핀을 멍세핀이라고 불렀다. 줄여서 멍."

외로운 아이 태영은 아홉 번째 보모로 온 조세핀에게 겨우 마음을 연다. 언제나 태영의 편을 들어 주는 건 엄마가 아닌 멍세핀. 그러던 어느 날 멍세핀이 쫓겨날 위기에 처한다. 태영은 멍세핀을 지킬 수 있을까?

새로운 길을 찾는 힘
창의력 세트

소설의 첫 만남
19-21

ISBN 978-89-364-5925-3(3권)

칡

최영희 소설 | 김윤지 그림 | 값 10,000원 | ISBN 978-89-364-5929-1

고립된 마을, 괴물 칡을 피해 탈출해야 한다!
덩굴 속에 감춰진 진실을 파헤치는 모험

갑작스러운 주민 대피령으로 텅 빈 마을. 시훈이는 동생의 애착 담요를 가져오기 위해 다시 마을로 향한다. 입구를 지키는 군인을 피해 마을에 들어간 시훈이는 온 마을을 뒤덮은 괴물 칡을 마주하는데…….

범수 가라사대

신여랑 소설 | 하루치 그림 | 값 10,000원 | ISBN 978-89-364-5930-7

사색과 허세 사이, 아슬아슬 범수의 외출
군중 속의 고독이란 이런 것인가! 뼛속까지 고독하군

이제 막 중2가 된 범수는 사색에 찬 산책을 하며 밀려오는 고독을 느낀다. 은근한 뿌듯함과 함께. 한편 변해 버린 범수를 바라보는 엄마의 눈에는 범수의 행동이 그저 허세로만 보이는데……. 어머니, 진정하십시오. 저는 중2병이 아닙니다!

아이 캔

임어진 소설 | 임지수 그림 | 값 10,000원 | ISBN 978-89-364-5931-4

고마웠어, 캔. 나를 지켜 줘서
소년 룬과 구형 로봇 캔의 가슴 뭉클한 우정

로봇과 함께 살아가는 미래 사회, 하지만 인간과 닮은 로봇을 보는 시선이 곱지만은 않다. 불의의 사고로 엄마를 잃은 소년 룬은 캔에게 의지해 몸과 마음을 회복해 나간다. 그러던 어느 날 룬은 피할 수 없는 결정을 내려야 하는데…….

더 넓은 세상을 바라보는

포용력 세트

소설의 첫 만남

22-24

ISBN 978-89-364-5966-6(3권)

엄마의 이름

권여선 소설 | 박재인 그림 | 값 10,000원 | ISBN 978-89-364-5948-2

있는 그대로 서로를 사랑하기로 결심한 엄마와 딸 이야기
작가 권여선의 첫 청소년소설

반희는 딸 채운을 아끼기에 딸이 자신을 닮지 않고, 다르게 살기를 바란다. 딸과도 거리를 두는 엄마 반희에게 내심 서운했던 채운은 어느 날 함께 여행을 가자고 제안한다. 단둘이 떠나는 첫 여행 동안 두 사람은 서로를 '엄마'와 '딸'이 아닌 각자의 이름으로 부르기로 약속하는데…….

유리와 철의 계절

아말 엘모타르 소설 | 이수현 옮김 | 김유 그림 | 값 10,000원

ISBN 978-89-364-5949-9

넌 아무것도 잘못하지 않았어
서로를 구원하기 위해 다시 쓰는 사랑 이야기

태비사는 무쇠 구두를 신고 걸어야 하는 저주에 걸렸다. 아미라는 유리 언덕 꼭대기에 앉아 꼼짝하지 못한다. 어느 날 유리 언덕을 발견한 태비사는 비탈을 올라 아미라를 만난다. 마법에 걸린 태비사와 아미라, 두 사람은 행복해질 수 있을까?

우리 미나리 좀 챙겨 주세요

듀나 소설 | 이현석 그림 | 값 10,000원 | ISBN 978-89-364-5950-5

기계와 인간의 경계에서
작가 듀나가 던지는 편견 없는 질문

해남고생물공원에는 타조 DNA를 기반으로 만든 생물학적 공룡 '미나리'가 산다. 25년 동안 아기로 살아온 메카 공룡 '소담이'는 그런 미나리에게 친구가 되어 준다. 미나리를 돌보는 메카 인간 '현승아'는 어느 날 소담이와 미나리가 사라진 것을 발견하는데…….

나를 알아 가는 용기
정체성 세트

소설의 첫 만남
25-27

ISBN 978-89-364-5965-9(3권)

하트의 탄생

정이현 소설 | 불키드 그림 | 값 10,000원 | ISBN 978-89-364-3103-7

그날 내 안에 파란 하트가 태어났다 엄마 아빠는 모르는 진짜 나의 모습

열다섯 살 주민이는 자신의 모습이 항상 불만이다. 화려한 SNS 인플루언서인 엄마의 눈에는 주민이의 성적도 외모도 한없이 부족한 것만 같다. 서러운 마음에 올린 영상이 갑자기 화제에 오르고, 사람들은 영상에 언급된 인플루언서 엄마의 정체를 추적하는데…….

카이의 선택

최상희 소설 | 손채은 그림 | 값 10,000원 | ISBN 978-89-364-3104-4

"열일곱 살 생일의 과제. 나는 선택해야 한다." 차별과 편견에 맞서 자기 삶을 찾아가는 눈부신 여정

'카이'는 특별한 능력을 갖고 태어난 존재들이다. 죽음을 예측하는 능력, 타인의 마음을 읽는 능력 등 카이들의 능력은 다양하다. 3초 후 미래를 보는 카이인 마하는 그 능력 때문에 친구들에게 따돌림당한다. 그런 마하에게 '선택'을 해야 하는 열일곱 살 생일이 다가오는데…….

커튼콜

조우리 소설 | 공공 그림 | 값 10,000원 | ISBN 978-89-364-3105-1

연극이 끝나도 우리의 이야기는 끝나지 않아 용감한 발걸음으로 만들어 나가는 나만의 커튼콜

"왜 그래, 루나야. 무슨 고민 있어?" 학교 창작 연극에서 '루나' 역을 맡은 중학생 은비는 긴장으로 대사를 잊어버리고, '아리에트' 역을 맡은 윤서가 대본에 없는 대사를 급하게 내뱉는다. 연기에 재미를 느끼며 누구보다 잘 해내고 싶은 마음이 가득한 은비. 하지만 실수를 연발하는 스스로의 모습에 실망하여 자신에게 재능이 없다고 자책하는데…….

"책 읽기가 점점
재미없어져요."

독서포기자들을 위한 새로운 소설 읽기 프로젝트

소설의 첫 만남

1. 뛰어난 문학 작품을 다채로운 그림과 함께 읽는다

새로운 감성으로 단장한 얇고 아름다운 문고입니다.
긴 글보다는 시각적 이미지에 친숙한 청소년들을 위해
다채로운 삽화를 더해 마치 웹툰처럼 흥미진진하게 읽힙니다.

2. 책과 멀어진 아이들을 위한 책

한 손에 잡히는 책의 크기와 길지 않은 분량 덕분에
그간 책과 멀어졌던 아이들에게 권하기에 적절합니다.

3. 학교 현장의 선생님들이 더욱 기대하고 추천하는 책

'소설의 첫 만남' 시리즈는 학교 현장의 선생님들에게 선공개되어
"이런 책을 기다려 왔다!"라는 뜨거운 기대평을 모았습니다.

4. 더 깊은 독서를 위한 마중물

깊은 샘에서 펌프로 물을 퍼 올리려면 위에서 한 바가지의 마중물을
부어야 합니다. '소설의 첫 만남' 시리즈는 아이들이 다시금
책과 가까워질 수 있도록 마중물 역할을 합니다.

낯선 세상과의 만남

마주침 세트

소설의 첫 만남

28-30

ISBN 978-89-364-3114-3(3권)

이야기 따위 없어져 버려라

구병모 소설 | ZQ 그림 | 값 10,000원 | ISBN 978-89-364-3115-0

책 속에서 길을 잃기도, 또다른 길을 찾기도 하는 우리

종이 책이 사라지고 모든 이야기가 전산화되어 보관되는 세계, 알 수 없는 이유로 도서관의 데이터에서 벗어나 거리를 헤매는 인물들이 있다. 사서 Q는 어느 이야기에서 탈출한 잉게를 잡기 위해 파견되고, 진짜 잉게의 삶을 듣게 되는데…….

봄의 목소리

남유하 소설 | 조예빈 그림 | 값 10,000원 | ISBN 978-89-364-3116-7

내가 가장 좋아하는 목소리를 가진 아이가 나타났다 그 아이를 좋아하지 않을 수 있을까?

인공지능 프로그램으로 취향에 맞는 목소리를 만들어 내고 대화할 수 있는 세상. 자신이 만든 음성에 '봄'이라는 이름을 붙여 준 소이는 어느 날 봄과 똑같은 목소리의 아이를 만나고, 마음이 설레기 시작한다. 그런데 봄과 달리 진짜 친구를 사귀는 일은 왜 이렇게 어려운 걸까?

노을 건너기

천선란 소설 | 리툰 그림 | 값 10,000원 | ISBN 978-89-364-3117-4

가장 외로웠던 시절의 나를 만나러 간다 나의 뿌리이자 상처, 그것을 끝끝내 사랑하기 위하여

우주 비행사 공효는 자신의 무의식 세계로 들어가 어린 '나'와 동행하는 자아 안정 훈련을 시작한다. 붉은 노을이 펼쳐진 배경 속, 어린 공효를 만난 어른 공효는 잊고 있던 상처들을 떠올리는데……. 공효는 광막한 우주에서 자신을 괴롭힐 과거와 화해하고 이 노을을 건널 수 있을까?

“이런 책을 기다려 왔다!”

★★★★★

학교 현장에서 들려온 뜨거운 찬사
아이들이 먼저 손에 들고 좋아하는 책

“동화책에서 소설로 향하는 가교 역할을 하는 책.” **서덕희(경기 광교고 국어 교사)**

“우리 학생들이 재미있게 책 읽는 풍경을 기대하며 마음이 설렌다.” **신병준(경기 삼괴중 국어교사)**

“‘소설의 첫 만남’ 시리즈는 자신도 모르는 사이에
이야기 속으로 빠져들 수 있도록 재미와 기쁨을 전한다.” **최은영(경기 미사강변고 국어교사)**

“첫 만남은 언제나 가슴 설레는 일이다.
단편소설을 일러스트와 함께 소개하는 이 시리즈를 통해
책 읽기의 즐거움을 한껏 느낄 수 있기를 바란다.” **안찬수(시인, 책읽는사회문화재단 상임이사)**

작고 예쁜 문고판 서적이 독자들에게 찾아왔다. **시사인**

문제집 내려놓고 소설책 집어 들 때를 위한 책. 연애•꿈 등 청소년의 고민이 담겼다. **부산일보**

책 읽기에서 멀어진 청소년들이 우선 독자다. 개성 있는 일러스트가 돋보인다. **경향신문**

웹툰처럼 편하게 소설을 읽는다. **경인일보**

책을 손에 잡으면 잠부터 쏟아지는 사람을 위한 책.
독서에 익숙하지 않은 사람도 지루할 틈이 없다. **싱글즈**

흥미로운 이야기와 매력적인 삽화로 무장했다. 다채롭게 읽힌다. **매일경제**

소설의 첫 만남 31–33 활용북

펴낸이/염종선
책임편집/김도연
디자인/장수경
펴낸곳/(주)창비
등록/1986년 8월 5일 제85호
주소/경기도 파주시 회동길 184
전화/031-955-3333
팩스/영업 031-955-3399 · 편집 031-955-3400
홈페이지/www.changbi.com
전자우편/ya@changbi.com
ⓒ ㈜창비 2025

* 이 책 내용의 전부 또는 일부를 재사용하려면
반드시 창비의 동의를 받아야 합니다.

* ‘소설의 첫 만남’ 독후활동지는 책씨앗 사이트(www.bookseed.kr)에서
다운로드받을 수 있습니다.

소설의
첫
만남

동화에서 소설로 가는 징검다리
더 깊은 독서를 위한 마중물

두근두근 설레는 첫 순간

첫사랑 세트

31 그래도 사랑을	**32 냠냠**	**33 쿠키 두 개**
정은숙 소설 장보송 그림	백온유 소설 joggen 그림	이희영 소설 양양 그림

내가 따지고 들면 엄마는 뻔뻔하게 말했다.

“엄마가 백 원이 아까워서 그러겠어? 이것도 다 교육이야.”

“아까워서 그러는 거 맞는 거 같은데. 엄마 변했어. 그러지 좀 마.”

겨우 한마디를 한 것뿐인데 엄마는 입 모양으로 ‘잔소리 마왕 또 시작이다.’ 하며 투덜거렸다. 내가 째려보니 엄마는 약 올리듯 일부러 우스꽝스러운 표정을 지으며 말했다.

“흥, 뿡이다. 상관하지 마슈.”

“그런 말투 쓰지 마. 애야?”

내가 친구들을 우르르 몰고 가면 엄마는 무척 기뻐한다. 친구들에게도 돈을 받긴 했지만 그때마다 '인자한 엄마 말투'로 채원이가 회장이기 때문에 공짜로 떡볶이를 제공하면 부정 선거 오해를 받을 수 있다며 이유를 설명했다. 그 대신 딸 친구들은 특별하니 떡볶이 일 인분 가격만 받고 핫도그에 꼬마김밥을 덤으로 주겠다고 선언했다. 엄마가 '인자한 엄마 말투'를 쓰는 것도 아니꼬웠지만, 평소에는 친하지도 않으면서 떡볶이가 먹고 싶을 때만 가게에 와서 애교를 부리며 음식을 털어먹는 애들이 더 얄미웠다. 하지만 나는 회장이니까 끝까지 웃으면서 애들을 대한다. 내가 생각해도 나는 꽤 어른스러운 편인 것 같다.

*

교실 뒤쪽으로 자리를 옮겼다. 눈이 나쁜 민수가 맨 앞자리에 앉은 나에게 자리를 바꿔 달라고 해서 나는 창가 쪽 이서우의 옆자리로 갔다. 수업 시간에는 수업에만 집중하느라 여태껏 이서우가 어떻게 지내는지 몰랐는데, 이제야 이서우가 왜 숙제를 잘 챙기지 못했는지, 왜 선생님의 질문에 한 번도 제대로 대답하지 못했는지 알 것 같았다. 이서우는 수업 내내 엎드려 잤다. 자지 않을 때는 멍한 눈으로 창밖만 바라봤다. 그 애가 무슨 생각을 하는지 알 수가 없어서 나는 자주 답답함을 느꼈다. 한편으로는 창밖을 바라보는 눈동자가 너무 투명해서 신기했다. 나는 '차렷, 선생님께 인사.' 하

기 전 매번 이서우를 흔들어 깨웠다. 이서우는 내가 깨울 때마다 비몽사몽간에도 군말 없이 일어나 선생님께 꾸벅 인사하고 다시 엎드려서 잤다.

관찰한 결과, 여름 방학이 코앞으로 다가올 때까지 이서우는 친한 친구가 없었다. 같은 초등학교를 나온 옆 반 애들 몇 명과 인사는 하고 지내는 것 같았지만 아주 가깝지는 않아 보였다. 다행히 점심 때는 깨우지 않아도 벌떡 일어나 밥을 잘 먹었다. 혼자서도 꿋꿋이 급식을 두 번씩 배식받아서 먹었다. 우리 학교는 원래 급식이 맛있어서 일찍 가야 두 번 받아먹을 수 있었는데 이서우는 종 치기 전부터 이미 몸이 문 쪽으로 반은 기울어져 있었다.

오늘 이서우가 좋아하는 생선가스 나왔네. 이서우는 김치를 정말 좋아하네. 나도 김치 좋아하는데. 해파리냉채는 남겼네. 나도 그건 좀 별로긴 했어. 우리는 진짜 입맛이 비슷하다. 오늘은 야무지게 바나나를 두 개 챙겼군. 근데 왜 난 이런 것까지 신경 쓰는 거야.

나는 이서우를 관찰하다가 민망해지기 일쑤였다. 왜긴 왜야. 이서우를 좋아하니까 그렇지, 뭐. 인정하니 당당해졌고 어깨를 펴니 고개가 끄덕여졌다.

이서우와는 좀처럼 길게 말할 기회가 없었다. 그나마 내가 회장이니까 뭘 챙겨 준답시고 문자라도 할 수 있었지, 우리는 같은 동네에 살지도 않았고, 그 애는 학원도 독서실도 안 다녔다. 방학이 가

까워질수록 초조해져 나는 괜히 전보다 자주 이서우에게 말을 걸었다.

이서우, 이번 주 네가 주번이라고 했어, 안 했어. 네가 청소 안 하고 가서 어제 내가 바닥 청소했단 말이야. 이번 시간 영어 수업이야. 교과서 꺼내.

내가 말이 너무 많았는지 이서우 대각선 방향에 앉아 있던 부회장이 다가와 "채원아, 너 이서우 때문에 스트레스 많이 받겠다. 왜 담임 선생님은 다 너한테 맡기고 그러냐. 내가 좀 도와줄까? 아예 우리가 이서우랑 스터디를 할까?"라고 속삭였다. 우리 반 부회장은 나만큼이나 책임감이 강하고 의욕이 넘치는 아이이다. 난 바쁘다는 핑계로 부회장의 제안을 거절했다.

주말에 단둘이 도서관에 가자고 할까 하다가 내

가 생각해도 그건 좀 아닌 것 같아서 포기했다. 그 대신 영화 보러 가자고 할까, 아니면 마라탕을 먹으러 가자고 할까 망설이기만 하다가 방학이 시작되고 말았다. 내게 이렇게 답답한 면이 있는지 십오 년 만에 처음 알았다.

방학이 시작되고 이 주가 지났을 무렵, 우연히 이서우를 편의점에서 만났다. 우리의 만남은 정말 운명 같았다! 독서실 근처 편의점 야외 테이블에서 라면을 먹고 있었는데 이서우가 터벅터벅 걸어서 편의점으로 쑥 들어가는 게 아닌가. 나는 화들짝 놀라 테이블 밑으로 몸을 숨겼다. 그리고 쪼그린 채로 이서우를 관찰했다. 검은색 반바지에 초록색 민소매를 입은 이서우는 느릿느릿 걸어서 도시락 진열대 쪽으로 갔다. 그리고 오 분 넘게 삼각김밥 몇 개를 들었다 놨다 하더니 삼각김밥 한 개와 샌드위치, 라면과 생수를 품에 안았다. 이서우…… 왜 그런 거 먹어……. 그러니까 그렇게 말랐지. 밥 먹어, 아니면 과일 먹든가. 나도 라면으로 배를 채우는 주제에 이서우 장바구니에 참견하고 싶었다. 이서우는 장바구니를 계산대에 내려놓은 뒤 주머니에서 카드를 꺼냈다. 편의점 사장님은 이서우에게 알은척을 했다. 나는 귀를 쫑긋 세우고 그 목소리를 들었다.

"어제는 왜 안 왔니?"

"그냥요."

"이거 가져가서 동생이랑 먹어."

"아…… 괜찮은데."

직원용

이서우는 난감한 목소리로 우물쭈물했다. 표정은 보이지 않았지만, 나는 이서우가 편의점 사장님이 건넨 우유를 넙죽 받을 만큼의 넉살이 없다는 것쯤은 알았다.

"유통 기한 여섯 시간 지난 거야. 감사합니다, 하고 가져가서 먹어."

"감사합니다."

편의점 사장님은 딸기우유 두 팩과 폐기 도시락 두 개도 비닐봉지에 같이 담았다. 이서우는 파란색 카드를 사장님에게 건넸다. 그때, 나는 보았다. 내 시력은 왼쪽 오른쪽 모두 1.5였다. 저게 뭔지 알고 있었다. 급식 카드! 결식아동을 위해 나라에서 주는 카드였다. 초등학교 5학년 때 같은 반 친구였던 윤영이가 저 카드로 꽤 여러 번 밥을 사 준 적이 있었다.

이서우는 고개를 꾸벅 숙이고 편의점에서 나왔다. 그때 나는 나도 모르게 자리에서 급하게 일어나다가 큰 소리를 내며 테이블에 머리를 박고 주저앉고 말았다.

"거기서 뭐 해?"

이서우가 놀란 얼굴로 나를 내려다보았다. 난 이를 악물고 억지로 아픔을 삼켰다.

"아…… 어른들은 왜 여기다가 담배꽁초를 막 버리는 거지? 쓰레기통이 바로 저기 있는데. 아니, 애초에 여기는 금연 구역이란 말이야. 진짜 개념 없어."

나는 쪼그려 앉아 담배꽁초를 줍는 체했다. 이서우는 주춤주춤 다가와서 의자에 비닐봉지를 내려놓고 같이 꽁초를 주웠다.

"그러게. 진짜 개념 없는 사람들이 많네."

우리가 한참 동안 그렇게 주변 청소를 하고 있으니 편의점 사장님이 문을 열고 나왔다.

"너희들 뭐 하니? 세상에, 기특하구나. 고맙다, 얘들아."

사장님은 아이스크림을 하나씩 골라서 먹으라고 했다. 나와 이서우는 얼떨결에 아이스크림콘을 나란히 들고 파라솔 아래 앉았다. 무슨 말을 해야 할지 몰라 눈만 굴리고 있는데 의외로 이서우가 먼저 말을 걸었다.

"라면 다 불었네."

이서우의 말대로 고작 한 입 먹고 남긴 라면의 면발이 통통 불어 있었다.

"아…… 맞네."

"음식 남기면 벌 받아."

평소에 약간 흐리멍덩한 표정으로 다니는 이서우에게서 처음 보는 진지한 얼굴이었다. 어쩐지 야단맞는 느낌이 들어 나는 괜히 헛기침을 했다.

이서우가 아이스크림을 크게 베어 물었다. 입에 크림이 묻었다.

"맛있어?"

"맛있네."

"그래? 그럼 내 것도 먹어. 한 입도 안 먹었어."

팔을 쭉 뻗어 아이스크림을 내밀었는데 이서우는 고개를 절레절레 흔들었다.

"됐어. 네 건데 왜 날 줘."

"나 사실 아이스크림 안 좋아하거든."

엄마가 들으면 분명 어이없어할 테지. 내가 제

일 좋아하는 간식이 아이스크림이었다. 받을까 말까 망설이는 것도 잠시, 이서우는 미심쩍은 듯 나를 흘깃 본 후 결국 아이스크림을 받아 들었다.

"땡큐."

이서우가 아이스크림을 양손에 들고 먹었다. 아이스크림을 먹고, 먹고 또 먹었다. 이서우가 아이

스크림을 먹는 동안 나는 그 모습을 한순간도 놓치지 않고 눈에 담았고, 먹는 소리를 귀 기울여 들었다. 먹을 때 신기하게도 냠냠, 하는 소리가 났다. 만화에 나오는 캐릭터 같았다. 이 예쁜 걸 나만 알아서 다행이다. 나는 문득 생각했다.

*

그리고 나는 오랜만에 윤영이에게 문자 메시지를 보냈다.

윤영, 뭐 함?

채원 웬일? 게임 중.

밥 먹었어?

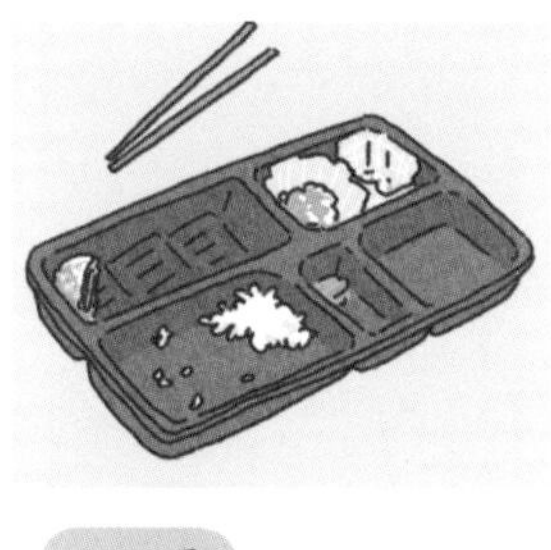

먹는 중.

윤영이는 거의 다 먹은 편의점 도시락 사진을 내게 보내 주었다. 우리는 초등학교 6학년 때까지는 단짝이었지만 서로 다른 중학교로 배정되면서

전보다는 자주 만나지 못했다. 하지만 여전히 윤영이는 편한 친구였다.

초등학생 때, 우리는 수업이 끝나면 자주 학교 앞 분식집에 들러 떡라면 한 그릇과 김밥 한 줄을 주문해 나눠 먹었다. 계산은 거의 윤영이가 했는데 그 애가 "나 돈 있어! 내가 사 줄게!" 하고 시원시원하게 카드를 긁었기 때문에 나는 사양하지 않고 고마운 마음으로 얻어먹었다. 그런데 어느 날, 라면과 김밥을 다 먹고 계산하려 하니 가게 사장님이 곤란한 표정으로 떡라면은 오천오백 원, 김밥은 사천오백 원으로 각각 오백 원씩 올랐다고 말했다. 늘 씩씩하던 윤영이의 얼굴이 사색이 된 건 순식간이었다. 무슨 일인가 싶어 걱정하자, 윤영이는 한참 머뭇거리다가 조심스럽게 내게 물었다.

"혹시 천 원 있어?"

나는 엄마가 꼭 필요할 때만 쓰라고 가방 앞주머니에 넣어 둔 비상금 만 원으로 밥값을 계산했다. 윤영이는 천 원만 보태 주면 된다며 말렸지만, 난 내 나름대로 양심이 있고 염치를 아는 어린이였다.

그 대신 윤영이는 나에게 아이스크림을 사 주었다. 아이스크림을 하나씩 물고 집으로 가는 길에 윤영이는 내게 처음으로 급식 카드에 대해서 설명해 주었다. 윤영이가 보여 준 카드에는 '포유카드'라고 적혀 있었다. 이름이 참 이상하다고 생각하던 차에 뒷면을 보니 'FOR YOU CARD'라고 영어로 적힌 것이 보였다. 나는 언젠가 책을 읽다가 '포유'라는 단어에는 아기에게 젖을 먹인다는 뜻이 있다는 것을 알게 되었다. 두 가지의 뜻을 처음부터 생각하고 지은 이름인지 궁금했다. 어쨌든 우리는 그 날 이후로 그 분식집에 다시 가지 않았다. 그 대신 포유카드 한도인 구천 원으로 살 수 있는 다양한 조합의 삼각김밥과 컵라면을 찾아다녔다. 전주비빔삼각김밥과 참치마요삼각김밥, 비빔라면 하나, 사발면 하나, 그리고 바나나우유를 하나 사서 나눠 먹는 것이 우리가 선택한 베스트 조합이었다.

> 윤영, 요즘은 무슨 도시락이 맛있어?

> CS일레븐 편의점에 파는 임금님수라상 도시락. 생선가스와 돈가스를 같이 맛볼 수 있고 밥이 쫀득해.

전문가 같다.

ㅋㅋ도시락 박사님이라고 불러도 좋아. 채원, 나 떡볶이 먹고 싶은데 원떡볶이 놀러 가도 되냐.

당연한 거 아니야?

좋아, 조만간 간다.

아이스크림이랑 바나나우유도 사 줄게.

♥김채원♥

*

이서우를 우연히 만난 다음 날부터 나는 그 편의점 테이블에 앉아 하루 종일 이서우를 기다렸다. 그냥 문자를 해서 만나자고 하면 간단하겠지만…… 이상하게 그런 건 전혀 간단하지 않았다. 이서우에게 집이 가깝냐고 넌지시 물었을 때 그 애는 편의점에서 오 분 거리라고 대답했다. 편의점은 내가 공부하는 독서실과도 오 분 거리에 있었다. 원래 다니던 스터디 카페에 같은 반 애들이 너무 많아서 프라이빗 독서실로 옮긴 게 신의 한 수였다. 독서실을 비우고 밖에 나와 있다는 것에 양심의 가책을 느끼지 않으려고 나는 문제집을 풀면서 편의점에 손님이 찾아올 때마다 고개를 들고 확인했다. 몸이 조금

빼근하면 벌떡 일어나 스트레칭을 하고 편의점 주변 담배꽁초를 주웠다. 편의점 사장님은 내게 기특하다며 매일 이온 음료를 가져다주었다.

기다린 지 꼬박 사흘 만에 나는 다시 이서우를 만났다.

나는 이서우가 오자마자 자연스럽게 미리 사 둔 컵라면을 뜯어서 뜨거운 물을 받아 테이블 앞에 앉았다. 아직 식사 전이면 같이 먹자고 하려 했는데, 내가 말을 걸기도 전에 이서우는 라면에 물을 받아서 내 앞에 털썩 앉았다. 그래도 밖에서 한 번 봤다고 꽤 익숙해진 모양이었다. 나는 컵라면을 살 때 같이 산 임금님수라상도시락을 이서우에게 내밀었다.

"이거 너 먹어."

"이걸? 내가 왜?"

왜냐니? 너 돈가스 좋아하잖아. 생선가스는 더 좋아하잖아. 너를 위해 준비했어! 라고 말하기엔 너무 민망하고 멋쩍었다.

"라면이랑 같이 먹으려고 샀는데 생각해 보니까…… 별로 맛없을 것 같아서!"

수상쩍은 듯 눈을 가늘게 뜨고 바라보는 이서우에게 터무니없는 변명을 해 버렸다. 이서우는 그럼 집에 가져가라며, 자신은 이미 먹을 게 많다고 받지 않았다. 이상한 데서 고집이 있는 애였다. 이서우가 옆에 내려놓은 비닐봉지 안을 보니, 삼각김밥 두 개와 컵라면 두 개, 빵 하나와 1리터짜리 우유 하나, 그리고 생수가 들어 있었다. 하는 수 없이 앉은 자리에서 도시락 뚜껑을 열었다.

임금님 수라상

"그럼 나 생선가스 못 먹는데 좀 먹어 줄래?"

"음…… 그래."

"김치도 먹어 줄래?"

"너 좀 편식하는 편이네. 내 동생 여덟 살인데도 김치 먹는데."

이서우는 조금 의외라는 듯 고개를 갸웃하더니 생선가스와 김치를 자기 앞으로 가져갔다. 아니야, 이서우. 나 집에서 김치 없이는 밥 안 먹어.

"이게 저녁이야?"

이서우가 물었다.

"응, 너도 그게 저녁이야?"

이서우가 고개를 끄덕이며 보란 듯 뚜껑을 열었을 때, 나는 깜짝 놀랐다. 라면인 줄 알았던 것은 라면이 아니라…… 떡볶이였다. 간편 조리 떡볶이,

소스를 넣은 뒤 뜨거운 물을 붓고 전자레인지로 조리하는. 이서우는 나무젓가락으로 떡을 찔러서 충분히 익었는지 확인하더니 내 쪽으로 컵을 밀어 주었다.

"너도 먹어 봐. 이거 맛있어."

문득 의문이 들었다. 얘, 내가 분식집 딸인 거 모르나?

"너 떡볶이 좋아해?"

"좋아하지. 내가 제일 좋아하는 게 떡볶이인데."

언제나 무표정이던 이서우는 떡볶이 얘기를 하며 처음으로 미소 지었다.

"이서우 너, 내가 누군지 몰라?"

이서우는 눈동자를 도록도록 굴리더니(내가 좋아하는 배우와 닮은 그 연갈색의 예쁜 눈 말이다)

더듬더듬 대답했다.

"너? 우리 반 회장…… 김채원이잖아."

자신 없어 보이는 대답에, 나는 푸핫, 하고 웃음이 터졌다.

"왜 웃어?"

"아니야, 너부터 먹어."

이서우가 먼저 떡을 먹은 뒤, 나는 어묵을 집어 먹었다. 나쁘지 않았다. 대기업의 맛이니까. 하지만 특A급 떡볶이만 먹고 자란 인간으로서 이걸 맛있다고 흡입하고 있는 이서우가 안쓰러워 견딜 수 없었다.

우리는 임금님수라상도시락과 떡볶이를 나눠 먹었다. 꽤 푸짐하고 든든한 한 끼였다.

집에 돌아오는 길에 나는 급식 카드에 대해 자세히 검색을 해 보았고, 우리 집은 급식 카드 가맹점이 아니라서 이서우가 카드를 쓸 수 없다는 사실도 알게 되었다. 저녁 내내 내가 입이 댓 발 나와 있으니 엄마는 도대체 뭐가 마음에 안 드는 건지 제대로 말해 보라고 했다.

이서우가 우리 집 떡볶이를 못 먹는다는 사실이 속상해. 하지만 그렇게 솔직하게 말할 자신은 없었다. 나는 툴툴거리며 말했다.

"배고파서 화나! 빨리 밥 줘."

엄마는 접시 한가득 내가 좋아하는 어묵과(나는 떡보다 어묵을 더 좋아했다) 노른자를 잔뜩 부숴서 비빈 떡볶이를 담아 주었다. 엄마가 반으로 잘라 준 꼬마김밥에 떡볶이 소스를 찍어 먹으니 새삼

스럽게 천상의 맛이라는 생각이 들었다. 왜 이 떡볶이는 매일 먹어도 질리지 않는 걸까. 이 맛있는 걸 나만 먹고 있다니.

"나는 엄마가 우리 엄마라서 너무 좋아. 진짜 축복받았다고 생각해."

"김채원, 용돈 필요해?"

엄마는 경계하는 말투로 나를 의심스럽다는 듯 바라보았다.

"진심으로 하는 말이야. 엄마 떡볶이가 세상에서 제일 맛있어."

내가 한껏 진심을 다해 건넨 말에 엄마는 갑자기 자리에서 벌떡 일어나더니 가게 안을 이리저리 오가며 숨을 크게 들이쉬고 내쉬었다. 그러다가 우뚝 멈춰 서서 내게 물었다.

"무슨 일이야? 엄마 마음의 준비 끝났으니 이제 얘기해."

"내가 사고라도 쳤을까 봐?"

"아무것도 아니라면서 표정이랑 말투가 따로 놀잖아? 진짜 원하는 게 뭐야?"

묻고 싶었다. 이서우에게 이 떡볶이를 맛보게 할 방법이 있을까? 그 애가 부담 없이 세상에서 가장 맛있는 떡볶이를 먹을 수 있는 방법이.

*

"이서우, 이거 먹어 보고 맛 평가 좀 해 줄 수 있어?"

밤새 고민하고 연구해서 내린 결론은, 바로 이

거였다.

"평가?"

"우리 엄마 말이야. 곧 떡볶이 장사 시작하실 거거든. 뭐가 부족한지 알아야 해서, 여러 사람들에게 맛보여 주고 의견을 듣고 있어."

떡볶이는 보온 도시락 통에 담아 왔기 때문에 아직 따뜻했다. 이서우는 얼떨결에 내 손에서 젓가락을 넘겨받은 후 고개를 갸웃했다. 나의 재촉에 결국 떡 하나를 입에 넣었다. 천천히, 진지하게 맛을 음미했다. 이서우의 눈이 순간 반짝, 하고 커졌다.

"오! 맛있다! 정말 맛있는데? 그냥 이대로 팔면 되겠어."

물론 그렇겠지. 우리 집 인터넷 평점 되게 높아.

"그래? 정말 맛있어? 이거 팔면 장사 잘될까?"

이서우는 이 질문에는 쉽게 대답하지 못하고 한참 동안 신중한 표정으로 고민했다.

"내가 맛 평가단인 거잖아? 그러니까 진지하게 말해야 되는 거지?"

"어…… 뭐, 그래 주면 좋지."

"지금도 물론 맛있지만 이것보다 조금 더 맵게 만들면 어떨까. 나는 너무 매운 떡볶이는 별로라 지금이 더 좋기는 한데 사람들은 스트레스가 확 풀릴 만큼 매운맛을 좋아하니까. 그리고 토마토 맛이 좀 많이 나는 것 같아."

토마토? 아! 설마 케첩? 얘가 케첩 넣은 걸 어떻게 알았지? 케첩 두 스푼이 초등학생들 입맛을 사로잡은 우리 엄마의 비법이다. 엄마는 어린 내가 먹기에도 자극적이지 않은 떡볶이를 만들기 위해 노력했고, 그래서 우리 가게 떡볶이는 초등학생들이 특히 좋아하는 편이었다.

“케첩 맛일 거야. 그럼 케첩을 빼면 좋겠어?”

“응, 그리고 국물이 조금 텁텁한 느낌? 계란 노른자 맛이 느껴지는데, 빼면 어떨까.”

계란 노른자를 으깨서 국물에 넣는 것도 엄마만의 비법인데, 빨간 떡볶이 국물에 섞여 어차피 보이지 않기 때문에 알아채는 사람은 거의 없었다.

“내 의견이야. 지금도 충분히 맛있어.”

“알았어. 엄마한테 전해 줄게.”

“근데 남은 거 내가 가져가도 돼?”

이서우가 물었다.

“당연하지. 너 먹으라고 가져온 거니까.”

떡볶이는 네 명이 먹어도 충분할 만큼 양이 많

케첩!
노른자!

았다.

“고마워. 동생도 떡볶이 좋아하거든.”

“도와줘서 내가 더 고맙지.”

이서우는 기분이 좋은 듯 활짝 웃었다. 그렇게 웃으니 보조개가 생겼다. 우아, 이서우 보조개도 있구나. 감탄하는 사이, 이서우는 냠냠, 냠냠 소리를 내며 맛있게 떡볶이를 먹었다. 먹는 순간에는 참 행복해 보였다.

“역시 떡은 밀떡이 최고다. 혹시 이거…… 부산 어묵?”

귀신같은 이서우. 이서우가 맛있는 걸 더 많이, 자주 먹었으면 좋겠다고, 나는 생각했다.

*

그렇게 나는 방학 동안 일주일에 세 번 정도 떡볶이와 도시락을 싸서 이서우와 함께 나눠 먹었다. 가끔은 사과와 바나나도 함께. 우리는 편의점 파라솔 자리를 한두 시간씩 차지하고 앉아 있는 대가로 편의점 주위에 떨어진 담배꽁초를 깨끗이 주웠다. 그러면 편의점 사장님은 우리에게 종종 아이스크림을 쥐여 주곤 했다.

"이거 소고기 아니야?"

이서우가 물었다.

"응, 엄마가 곧 상할 것 같다고 빨리 먹어 치워야 한다 그래서."

나는 이서우가 내 말을 믿든지 말든지 별로 신

경 쓰지 않고 그냥 둘러대기 바빴다. 도시락 통을 다 비우면 그냥 내 기분이 좋았으니까, 그것으로 충분하다고 생각했다. 이서우는 처음에는 부담스러워하는 것 같더니 나중에는 내가 싸 온 음식들을 잠자코 먹어 주었다. 떡볶이를 나눠 먹는 것도 좋았지만 이서우의 새로운 면을 알아 간다는 것이 좋았다. 난 이서우를 좋아하면서도 이서우는 말이 없고, 소심하고, 집중력이 부족하고, 공부를 못하고, 손이 많이 가서 챙겨 줘야 하고, 눈치가 없고, 사교성이 별로 없고, 답답하다고 생각했다. 하지만 보면 볼수록 이서우는 은근히 똑 부러지고, 말이 많고, 웃기고, 신세 지는 것을 싫어하고, 감이 좋았다.

"그러니까 내 말은, 감칠맛을 말한 거였는데 이건 너무 자극적이야. 왜 떡볶이에서 새우젓 맛이

나? 이런 말해서 미안한데, 떡볶이 맛이 점점 이상해지는 것 같아. 솔직히 처음에 먹은 떡볶이가 제일 나아."

"그……래?"

"뭔가 내가 망치고 있는 것 같아."

이서우의 말은 반은 맞고 반은 틀렸다. 나는 이서우가 조금 매운 게 좋다고 해서 완성된 엄마 떡볶이 위에 몰래 고춧가루를 한 숟갈 넣기도 했고, 이서우가 급식으로 나온 카레를 잘 먹었던 게 생각나 카레 가루를 조금 넣어 보기도 했다. 먹을 때는 잘만 먹어 놓고서 이상하다니! 조금 심술이 나려 했지만 열심히 표정 관리를 했다.

"김채원."

"응?"

"내일은 내가 떡볶이 사 줄게."

이서우는 조금 의기양양하게 말했다. 기분이 좋다기보다는 당황스러웠고 조금 부담스럽기까지 했다.

"아니야, 됐어. 네가 왜. 너나 맛있는 거 사 먹어."

"왜? 나는 사 주면 안 돼?"

이서우의 표정은 조금 서운해 보이기도, 실망스러워 보이기도, 슬퍼 보이기도 했다. 그제야 내가 이서우의 기분을 살피지 않고 말했다는 걸 자각하게 되었다. 그렇게 속상한 표정을 지으면 어쩔 수가 없잖아.

"아니다! 그럼 사 줘. 근데 좀 걸리는 건, 내가 꽤 많이 먹거든. 이서우 너 두 배 정도? 괜찮겠어?"

이서우가 눈을 동그랗게 떴다. 우리 둘은 키가 거의 똑같아서 눈높이가 비슷했다. 밝은 갈색의 눈동자를 가까이에서 볼 수 있어 정말 좋았다. 그까짓 거 얻어먹어 주지, 네 기분이 풀릴 때까지 많이 먹어 주겠어, 하고 다짐했다.

하지만 이런 건 예상하지 못했다. 이서우가 걸어가는 방향이 약간 께름칙하다고는 생각했는데, 진짜로 이곳일 줄이야.

"인터넷 검색해 봤는데 여기가 제일 맛있다고 하더라. 맛집 다니는 게 제일 좋은 공부라고도 하잖아."

이서우가 발걸음을 멈춘 곳은 '원떡볶이'였다. 뙤약볕 아래를 걷고 있는데도 내 등 뒤로 식은땀이

떡볶이
PULL

흘러내렸다. 이서우, 너 원떡볶이가 왜 원떡볶이인 줄 아니? '채원이네 떡볶이'로 하려던 걸 내가 말려서 '원떡볶이'로 바꾼 거야!

"난 여기 별론데. 난 엽기토끼떡볶이가 좋아, 아니면 상어떡볶이나. 이서우! 우리 중앙상가 쪽으로 가는 거 어때!"

내가 보폭을 줄여 느릿느릿 걸어 봐도, 이서우의 발길을 돌릴 수는 없었다.

"거기는 프랜차이즈라서 크게 특별한 건 없을 거야. 후기에서 여기 떡볶이가 특이하고 맛있대. 숨겨진 비법이 있다고 하더라."

비법이라고 할 것도 없어. 너도 알잖아! 케첩 두 스푼, 노른자 으깨서 넣기! 그리고 우리 엄마는 접시에 담은 후에 참기름을 딱 한 방울 넣어. 더도 말고 덜도 말고 딱 한 방울! 그게 다야.

이서우는 내 표정은 아랑곳하지 않고 성큼성큼 원떡볶이를 향해 걸었다.

"김채원, 너 많이 더워 보인다. 슬러시 사 줄까?"

내 얼굴에 식은땀이 흘렀나 보다. 내가 가게 앞에서 미적거리자 이서우는 내 옷을 잡아끌었다. 어느새 원떡볶이 문턱을 넘기 직전이었다. 많은 생각이 스쳤다. 엄마가 눈치껏 나를 모르는 척해 줄까? 그럴 리가. 아니 근데 이서우 얘는 어쩌려고 여기에 온 거지. 우리 집은 급식 카드도 못 쓰는데. 이서우에게 부담을 주고 싶진 않았다. 나중에, 우리 집이 급식 카드 가맹점이 된 후에, 이서우를 맞이할 준비를 끝낸 후에 데려오려고 했다. 이렇게 내가 원떡볶이집 딸이라는 걸 당장 알리고 싶진 않았는데! 언젠가는 꼭 말하려고 했지만 이런 식은 아니었어.

"어머, 채원이 친구니?"

그리고 나의 고민은 문턱을 넘기도 전에 끝나 버리고 말았다.

엄마가 반갑게 이서우에게 채원이 친구냐고 물었을 때, 이서우는 무슨 말인지 이해하지도 못한 채로 엉거주춤 엄마에게 인사했다. 내가 고개를 푹 숙이고 "우리 엄마야. 여기 우리 가게야. 저기, 황당하겠지만 내가 다 설명할게." 하고 중얼거리듯 말하자 이서우는 주춤주춤 자리에 앉았다. 엄마가 떡볶이를 만드는 동안 이서우는 가게를 두리번거렸다. 여전히 이곳이 우리 가게라는 게 얼떨떨한 모양이었다.

"처음 보는 친구네. 채원이 반이야? 앞으로도 자주 와. 잘 먹네. 떡볶이 좋아하니? 김밥 더 줄까? 너도 스마일스터디 다녀? 학원 안 다닌다고? 그럼 인강 듣나 보네? 인터넷 강의도 안 듣는다고? 어머 진짜? 너 자유로운 영혼이구나?"

이서우는 속사포 같은 엄마의 질문에 쑥스러워하면서도 조근조근 대답했다.

"엄마, 그만 좀 물어봐. 얘 불편해하잖아."

"나 안 불편한데."

이서우가 나를 멀뚱히 쳐다보며 말했다.

"아니야, 너 불편해."

"아닌데. 편한데……."

이서우가 혼잣말하듯 중얼거리다가 다시 떡볶

이를 세 개씩 집어 입에 넣었다. 엄마는 자신이 이겼다는 듯 나를 보고 픽 웃었다.

"흥! 뿡이다. 서우가 안 불편하다는데 왜 자기가 난리래. 서우야, 채원이 재는 있지, 집에서도 자기가 회장인 줄 알아. 별걸 다 간섭하고 그래."

이서우가 풋, 하고 웃음을 터뜨렸다. 입가에 빨간 떡볶이 소스가 묻어 있었다.

"서우야, 떡볶이 어때? 맛있어?"

"네! 진짜 맛있어요. 최고예요."

이서우가 엄지를 척 들고 칭찬하자, 엄마는 신나서 우리에게 묻지도 않고 참치김밥과 꼬마김밥, 핫도그까지 접시에 담아 왔다.

"김채원, 너도 먹어. 내가 쏜다고 했잖아."

이서우가 내 귀에 대고 속삭이듯 말했다. 그 말

이 고마우면서도, 이서우를 속였다는 사실이 미안해 먹는 둥 마는 둥 했다.

이서우는 떡볶이와 참치김밥 한 줄, 꼬마김밥 네 개, 핫도그 하나 값인 11,500원을 냈다. 엄마는 떡볶이값 사천 원만 받고 나머지는 서비스로 준 것이니 어서 도로 가져가라고 했지만 이서우는 고집스럽게 돈을 받지 않았다. 나랑 같이 먹은 건데, 11,500원은 큰돈인데. 이서우 주머니에서 나온 구겨진 돈을 보니 내가 아주 큰 잘못을 저지른 느낌이 들었다. 이서우는 꾸벅 인사를 한 뒤 엄마가 말릴 새도 없이 도망치듯 가게를 나갔다.

떡볶이를 먹는 동안은 분위기가 나쁘지 않았다고 생각했는데, 그래도 기분이 상했겠지? 나를 이상한 애라고 생각하겠지? 나는 후회되고 초조한 마음에 이서우를 쫓아갔다.

"야! 이서우! 잠깐만! 잠깐만 서 봐!"

이서우는 바로 멈춰 섰다. 그리고 천천히 돌아섰다. 이서우는 처음 보는 표정을 하고 있었다. 그건 무슨 표정일까? 화난 표정? 서운한 표정? 아니었다. 서우는 무너지지 않기 위해 안간힘을 쓰고 있었다. 우리 사이에 5미터 정도의 거리가 있었다. 나는 그 아이에게 더 다가가지 못했다.

"김채원 너, 나 급식 카드 쓰는 거 알고 있었지."

그런 걸 물을지는 몰랐기 때문에 나는 머뭇거리다가 그냥 고개를 푹 숙였다.

"그래서 그동안 도시락 싸 준 거지? 내가 많이 불쌍해 보였어?"

이서우의 목소리가 떨렸다. 나는 번쩍 고개를 들고 이서우가 오해하고 있는 부분들을 해명하려고 했다.

"뭐? 아니, 아니야. 그런 거라기보다는……."

그런 거라기보다는, 나는 그저…… 그저 뭐? 나는 서우가 납득할 수 있을 만한 이유를 꺼내 놓고 싶었지만 머리가 새하얗게 변해 아무 말도 할 수가 없었다.

"처음에는 맛 평가단 어쩌고 하는 거 믿었는데, 계속 네가 소고기, 고등어, 간장게장 같은 거 싸 오니까 알겠더라. 넌 회장이니까, 나 같은 애들 원래 잘 챙겨 줬으니까……. 그래서 그런 거구나, 그냥 알게 됐어. 어쨌든 고마운 건 사실이었고, 도시락이 맛있기도 했는데 기분이 좀…… 뭐랄까, 씁쓸하더라."

"미안해."

"아니야. 나야말로 맛있게 다 받아먹어 놓고 이래서 미안해. 오늘은 내가 맛있는 거 사 주고 싶었는데, 너는 거의 먹지도 못하더라."

이서우는 여름 동안 많이 탔다. 햇볕을 받은 이마에 땀이 송골송골 맺혔다. 머리도 많이 길었다. 많이 먹었다고는 하지만 살은 하나도 안 오른 것 같아서 마음이 좋지 않았다. 일주일에 삼 일만 맛있는 걸 먹어서 그런 걸까? 개학을 하고, 일주일에 오 일 맛있는 급식을 먹으면, 이서우는 지금보다 살이 좀 찔까? 그러면 키가 좀 클까?

"미안해."

내가 한 말인지 이서우가 한 말인지 모르겠지만, 누군가 미안하다고 말했다. 그리고 우리 사이에 더는 아무 말도 오가지 않았다. 이서우가 내게서 멀어지는 동안, 나는 바보같이 바라보고만 있었다.

*

나 같아도 기분 나쁠 것 같다.

나는 고백하듯 지금까지 이서우와 있었던 모든 일들을 윤영이에게 이야기했고, 일의 전말을 듣게 된 윤영이는 단호하게 말했다. 그건 네가 정말 잘못한 거라고.

나도 내가 왜 그랬는지 모르겠어.
이래서 사람은 거짓말하고 살면
안 되나 봐. 그렇게 딱 걸릴 줄이야.

근데 있잖아, 너 그럼 나도
불쌍하다고 생각했어?

그럴 리가 없잖아. 엄마가 분식집 하기 전까
지는 내가 너한테 더 많이 얻어먹었는데 그럼
네가 나를 불쌍하게 생각한 거 아니야?

아닌데, 나는 너랑 있으면 재밌어서
같이 밥 먹자고 조른 건데.

나도 마찬가지야. 나도 이서우랑
있으면 비슷해. 그냥

나는 거기까지 메시지를 쓰고 망설였다. 오랫동안 키보드 위에서 손가락이 방황했다.

그냥 뭐?

그냥 좋아서 그런 거지 뭐.

그럼 그렇게 말하면 되겠네.

용기가 안 나.

용기를 내면 되겠네.

야! 나 진지하다고!

미안한데 너무 졸려. ㅋㅋ
이미 결론은 나온 것 같으니 난 자러 간다.

윤영이는 이미 결론이 나왔다고 했지만 내가 용기를 내서 고백하면 끝나는 문제인지 확신이 서지 않았다. 나는 밤새 이서우에게 어떻게 사과의 말을 전해야 할지, 어떻게 말해야 그 애의 마음이 다치지 않을지 고민했지만 명쾌한 해답은 찾을 수 없었다.

*

개학이 사흘 앞으로 다가왔다. 이서우를 보지 못한 지는 닷새째였다. 우리가 만났던 편의점 앞에서 닷새 내내 기다렸지만 그 애는 모습을 드러내지 않았다. 편의점 사장님 역시 이서우의 행방을 알지 못한다고 했다. 혹시 무슨 일이 생긴 게 아닌가 싶어 안부를 묻는 메시지를 보내 봤지만 답장조차 없었다. 내가 잘못한 건 인정하지만 이렇게 대화조차 거부하다니! 처음에는 미안함만 가득했던 마음이 점점 변해 갔다. 그래도 꽤 친해졌다고 생각했는데 나만의 착각이었다니 섭섭했고, 조금 우울해졌다. 좋아하는 애에게 미움받는다는 건 슬프고 힘든 일이었다.

편의점 파라솔 밑으로 그늘이 드리워져 있기는 했지만 내내 찌는 듯한 더위를 견디려니 온몸에 기운이 빠졌다. 나는 테이블에 잠시 엎드려 눈을 감았다. 아주 잠시만 그러고 있을 예정이었다. 이서우가 올 때까지만. 누군가의 발걸음 소리가 들리면 냉큼 몸을 일으킬 생각이었다. 이서우를 놓치면 안 되니까.

몸이 피곤하니 시끄러운 매미 울음소리가 자장가처럼 들렸다. 얼마나 졸았을까. 문득 어디선가 바람이 일었다. 그 바람이 이마에 맺힌 땀방울들을 식혀 주는 것이 느껴졌다.

누군가 내 이름을 불렀다.

"김채원, 일어나."

무언가에 홀린 듯 눈을 떴다. 몸을 일으켜 보니 이서우가 내 문제집으로 부채질을 해 주고 있었다.

"야!"

나는 반가움과 서러움이 한꺼번에 몰려와 원망스러운 표정으로 눈을 흘겼다. 이서우는 아무 말 없이 옅은 웃음을 지었다. 그 애는 바닥에 내려놓았던 장바구니를 테이블에 올렸다.

"덥지. 이거 같이 먹자."

CS 일레븐

이서우가 테이블에 올려놓은 것은 여러 개의 보온 도시락 통과 반찬 통이었다, 내가 떡볶이와 과일을 담아 주곤 했던. 이서우는 그중에서 하나를 열더니 내 쪽으로 밀어 주었다. 수박이었다.

"이게 뭐야?"

"뭐긴, 수박이잖아."

이서우가 건넨 포크를 얼떨결에 받아 들고 나는 네모반듯하게 잘린 수박을 입에 넣었다.

"시원하고 달다."

수박을 먹자 내가 심한 갈증을 참고 있었다는 걸 깨달았다. 나는 수박을 와구와구 먹으면서 이서우가 가져온 반찬 통들을 열어서 하나하나 확인했다. 그러다가 웃음이 터졌다. 하나에는 대파가 가득, 하나에는 방울토마토가 가득, 하나에는 땅콩이

가득 들어 있었다.

“이게 다 뭐야? 맛있겠다.”

“엄마가 통 돌려줄 때는 빈 통으로 주는 거 아니라고 그랬어. 대파랑 방울토마토는 나랑 내 동생이 직접 키운 거야.”

이서우는 대수롭지 않은 척 말했지만, 조금 뿌듯해하는 것이 느껴졌다. 이렇게 귀한 걸 준다고 다 받아도 되나, 고민하다가 문득 알게 되었다. 무언가를 받을 때도 용기가 필요하다는 걸. 이서우 역시 그동안 나를 위해 주었다는 것을.

두둥실, 내 몸이 떠오르는 것 같은 느낌이 들었다. 이제는 도저히 참을 수가 없어 결국 재채기하듯 내뱉고 말았다.

"냠냠!"

갑작스러운 외침에, 이서우가 소스라치게 놀라 눈을 크게 떴다.

"뭐?"

"냠냠. 난 그 소리 들으려고 도시락 싼 거야. 네가 불쌍해서 싼 거 아니야. 너 밥 먹을 때 냠냠, 냠냠, 하면서 먹잖아. 그거 귀여워서 좀 보려고 우리 집 냉장고 턴 것뿐이라고. 그게 다라고! 엄마가 떡볶이집 사장이라는 거 너한테 속인 건 미안해. 그냥 먹으라고 하면 넌 안 먹을 것 같아서, 그래서 그랬어. 사과할게!"

이서우는 얼떨떨한 표정으로 나를 물끄러미 바라보다가 장난기 어린 얼굴로 말했다.

"음…… 너무 당당하게 말하는 거 보니 별로 안 미안한 것 같은데."

"아니야. 나 되게 미안해하고 있어."

내 마음이 전달되기를 바라며 진심을 담아 말했다. 서우는 자신의 이마에 맺힌 땀을 손으로 훔치더니 포크에 수박을 꽂아 내게 내밀었다. 그 수박이 아주 잠시 꽃다발처럼 보였다고 말하면, 윤영이가 코웃음 치겠지. 우리는 거의 동시에 웃음을 터뜨렸다. 서우 볼에 내가 좋아하는 보조개가 깊게 파였다. 더 이상 찌는 듯한 더위는 느껴지지 않았다.

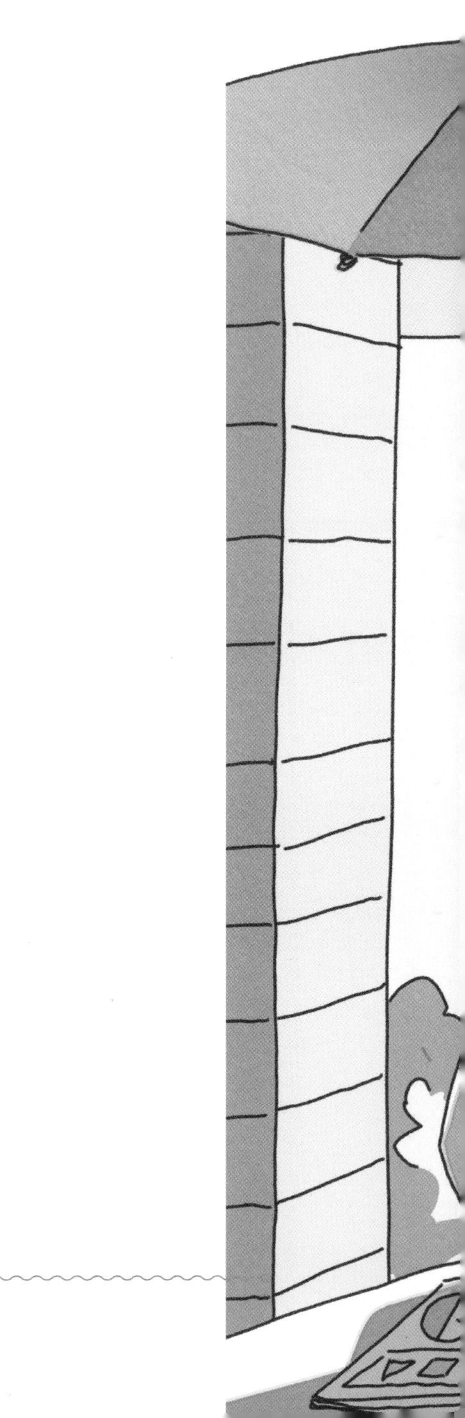

작가의 말

백온유

동정이나 연민이 섞이지 않은, 순도 높은 사랑을 그려 내고 싶었다.

좋은 것을 함께 나누고 싶은 마음.

간명해서 아름다운 감정.

채원과 서우의 여름은 견딜 만한 계절이었을 것이다.

소설의 첫 만남 32

냠냠

초판 1쇄 발행 | 2024년 6월 21일
초판 2쇄 발행 | 2024년 7월 17일

지은이 | 백온유
그린이 | joggen
펴낸이 | 염종선
책임편집 | 안신희 구본슬
펴낸곳 | (주)창비
등록 | 1986년 8월 5일 제85호
주소 | 10881 경기도 파주시 회동길 184
전화 | 031-955-3333
팩스 | 영업 031-955-3399 편집 031-955-3400
홈페이지 | www.changbi.com
전자우편 | ya@changbi.com

ⓒ 백온유 2024
ISBN 978-89-364-3136-5 43810

* 이 책 내용의 전부 또는 일부를 재사용하려면
반드시 저작권자와 창비 양측의 동의를 받아야 합니다.
* 책값은 뒤표지에 표시되어 있습니다.